Inhalt

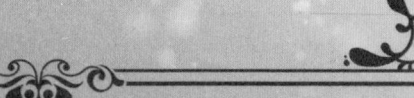

Die Tänzerin des Königs

1

Jenny Liz
Sabrina Steinert

Kapitel 01
Zuflucht in Nordra

Wie konnte es nur so weit kommen ...

HACH

KLIRR

LÄRM

?!

Was ist denn da draußen nur für ein Lärm?

KLIRR

KLIRR

Ich weiß nicht. Lasst mich mal sehen!

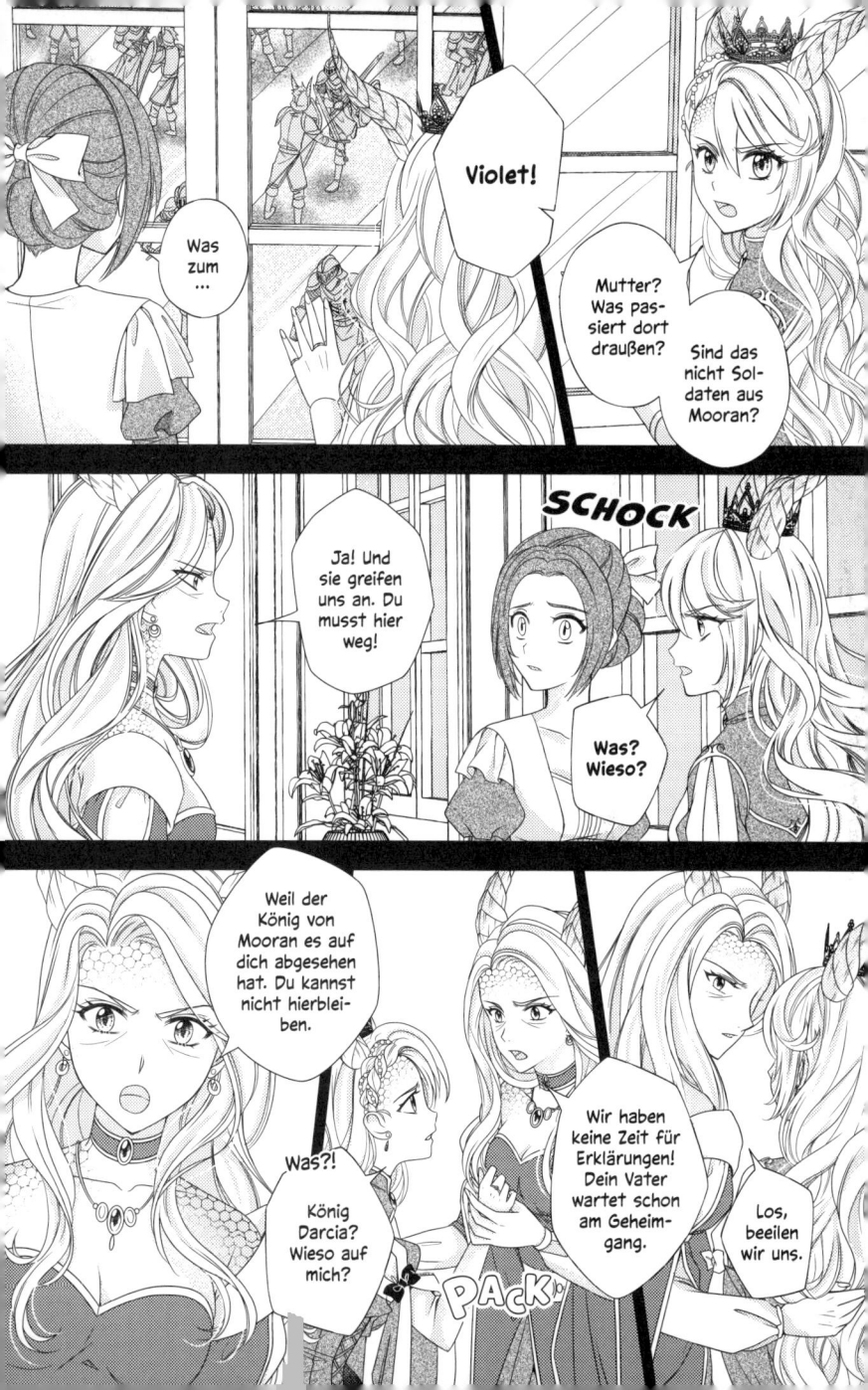

So besser?

Viel besser!

Eure Krone verwahre ich am besten in meinem Beutel.

Und nun kommt, damit wir noch vor Sonnenauf-gang dort sind.

HUUH HUHUUU

Um diese Zeit schlafen die meisten noch, so erreichen wir ungesehen die Stadtmitte.

Mein Gott, bist du wahnsinnig?!

ZUSCH

Die Drachenprinzessin nach Nordra zu bringen. Was hast du dir nur dabei gedacht, Tochter?!

Mutter, beruhig dich, niemand wird etwas bemerken!

Sie ist eigentlich nicht so garstig, sie hat nur Angst, dass ...

Huh?

Dass der König es mitbekommt, ganz recht! Hast du eine Ahnung, was dann mit uns geschieht?

Was für ein Glück, dass dein Vater gerade nicht hier ist. Ich halte es für keine gute Idee. Was ist, wenn sie jemand erkennt?

Sie war doch noch nie hier! Du kennst ihr Gesicht doch nur, weil du mich schon oft in Asteria besucht hast!

Außerdem sieht sie ohne ihre Hörner und Schuppen total unauffällig aus, wie jede andere Bürgerin Nordras auch ...

?

?

...

Na gut. Und wie hast du dir das bitte vorgestellt, Luisa?

Allein, was eine Person mehr kostet!

Vielleicht sollten wir ...

Überlasst das mir.

Danke, Luisa.

Mutter, uns fällt schon etwas ein. Du hast mein Wort!

Sorg dafür, dass sie nicht auffällt, wenn ihr bleiben wollt.

Und zieht endlich diese teuren Fummel aus!

Ja!

Danke!

Kommt mit, ich zeige Euch mein Zimmer!

Lieber nicht. Das würde nur Fragen aufwerfen, woher Ihr das Kleid habt.

Hm...

Ach, meine Mutter beruhigt sich wieder. Sie hat ein gutes Herz.

Wir verstecken uns hier einfach eine Weile. Das wird schon gut gehen.

Was meinst du mit »eine Weile«?

Mindestens ein paar Monate, Hoheit. So lange werdet Ihr Euren Adelstitel ablegen müssen.

?!

So lange?

Und wie sollen wir dann an Geld kommen, wenn ich nichts von meinen Sachen verkaufen darf?

Geld be- kommt man, indem man arbeitet!

Arbeiten?!

Uhm ...

Mutter, bitte ...

Ich verstehe eure Notlage, Luisa, aber ich kann nicht auf Dauer zwei weitere Mäuler stopfen!

Sie mag eine Prinzessin sein, doch sie wird mit anpacken müssen!

Ja, ist gut.

Wir werden schon etwas für die Prinzessin ... äh, Violet finden.

Ich werde mein Bestes geben, Madam.

Das will ich hoffen! Mein Name ist übrigens Aria. Und das Fremdenzimmer müsst ihr euch teilen!

Das ist mein Zimmer, Mutter.

Das war mal dein Zimmer!

GRUMPF

Mutter!

HI HI

Kapitel 02
Der Tanzwettbewerb

LAUTSTARKE DISKUSSION

AHH!!

Luisa, ich möchte euch gern helfen. Aber ihr seid jetzt schon zwei Wochen hier und es ist eine Katastrophe! So kann das nicht weitergehen.

AUTSCH!!

Ich weiß, sie bemüht sich, aber sie ist einfach zu ungeschickt.

ÄH?!

PIKS

Violet ist solche Arbeit nur nicht ge-wohnt, sie gibt sich wirklich viel Mühe!

Bitte gib uns mehr Zeit. Ich übe mit ihr, wir bekommen das schon irgendwie hin.

Das kann ich mir nicht vorstel-len.

Hmm ...

Äh, war das falsch?

Die darf man nicht abreißen, sie ist für alle in der Stadt gedacht.

Ach so ...

Außerdem halte ich das für keine gute Idee. Es wäre sehr gefähr-lich!

Was, wenn dich doch jemand erkennt?

Luisa ...

Sag mal, Violet. Wo sind denn meine Ein-käufe?

Oh ... äh. Entschul-digung, ich hab sie ver-gessen.

Dieses Mädchen kostet mich Nerven.

Wieso habe ich mich nur darauf eingelassen...

Hör auf dir Sorgen zu machen, Luisa.

Ich bekomme das schon hin!

Pass auf dich auf!

Mach ich! Bis nachher.

Hier ist alles ganz anders als in Asteria. Ich habe noch keinen einzigen Fischhändler gesehen.

Auch Möwen habe ich noch keine entdeckt, ob es die wohl nur bei uns am Meer gibt?

So nah bin ich dem Schloss noch nie gekommen.

Es ist wirklich riesig, bestimmt doppelt so groß wie unseres.

Oje. Jetzt werde ich doch nervös.

Hoffentlich geht alles gut. Ich darf Luisas Familie nicht wieder enttäuschen.

Schloss Schattenwall

Ähm, hallo.

Ich möchte zum Tanzwettbewerb.

Geh links über den Hof und dann die Treppe rauf! Dort ist der Eingang zum Tanzsaal.

Viel Erfolg!

Danke!

Na, die war ja richtig süß!

Ha ha, lass das bloß nicht den König hören!

Eure Majestät, König Kane Varian.

KNICKS

KNICKS

Ich bringe Euch die Mädchen zum Vortanzen.

Das ist der König? Er ist ja kaum älter als ich! Und er soll wirklich solch ein Tyrann sein?

Oh Mann. Von Nahem sieht er noch besser aus ...

Ähm.
Diesmal sind es nur zwei.

Hmpf!
Na los, dann fangt an! Wer beginnt?

Ich, Eure Majestät.

Gern!

SCHWUPP

Danke, du kannst dich setzen.

Wie bitte? Er bedankt sich? Wie kann es so ein unhöfliches Weib schaffen, seine Aufmerksamkeit zu erregen?

Ich hab doch viel besser getanzt als die. Wieso grinst er sie denn so an?

Nun ...

Waren das wirklich alle?

Kapitel 03
Die Anstellung

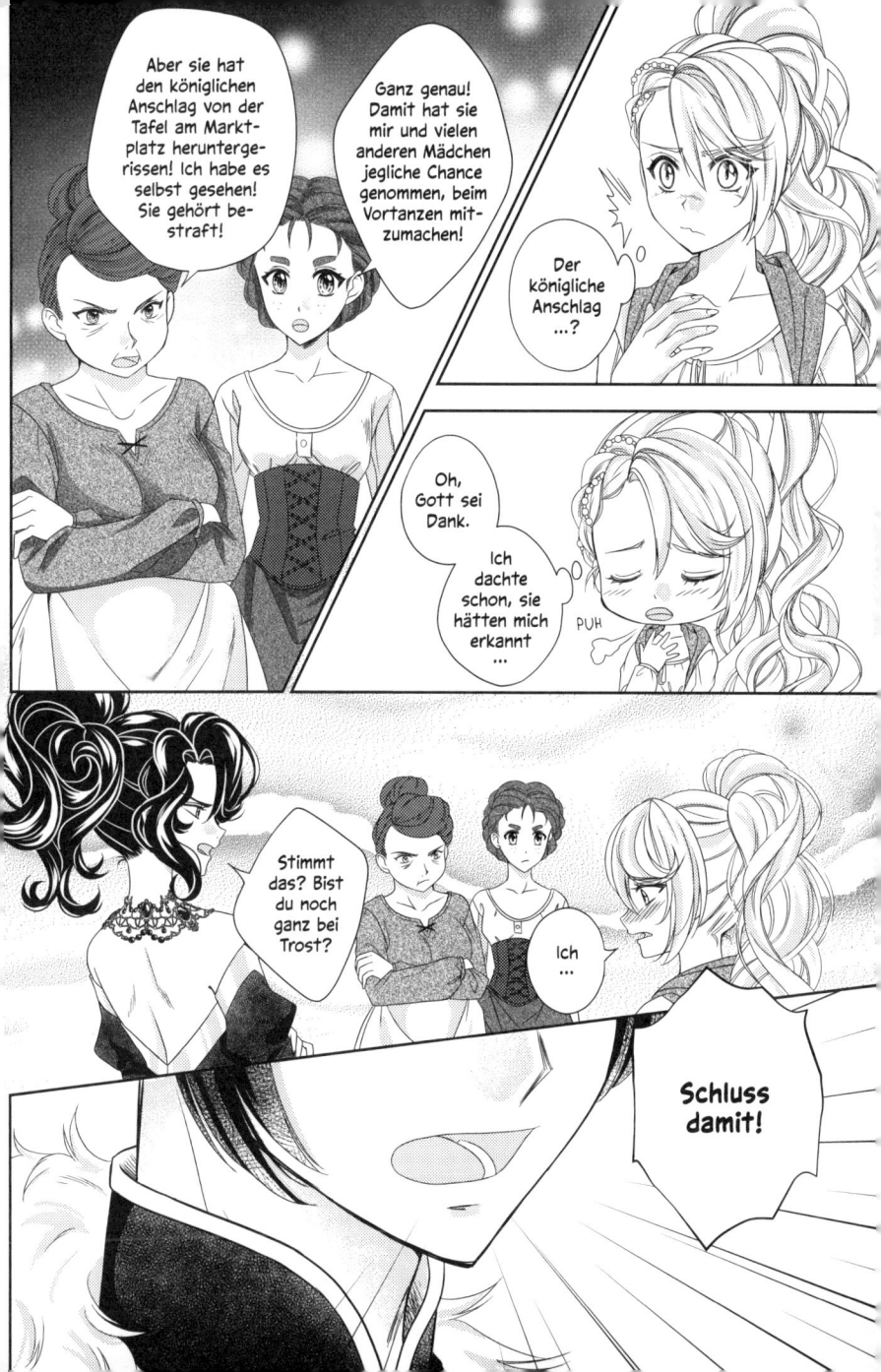

Verstehe ...

Wie bringe ich das nur Luisa bei?

Die Kleider zum Tanzen bekommt ihr gestellt.

Es gibt einen freien Tag in der Woche und euren Lohn bekommt ihr am Ende des Monats.

Außerdem möchte ich, dass ihr stets auf ein gepflegtes Erscheinungsbild und saubere Kleidung achtet.

Ach so! Achtet auch auf eure Unterwäsche! Sie sollte elegant und hübsch anzusehen sein.

? ? ?

Unterwäsche? Im Ernst??

Ich habe es dir doch gesagt, der König hat so seine Vorlieben.

Kindchen, es kann stets zu intimen Momenten kommen, auch ein König hat so seine Bedürfnisse.

Halt! Intime Momente? Ich denke, es geht hier ums Tanzen. Und zwar bekleidet!

Tja, wenn du dich verweigerst, meine Liebe, wird deine Zeit hier sehr kurz sein.

Pff! Bedürfnisse. Ich brauche diese Anstellung, aber so weit darf es gar nicht erst kommen ...

Jetzt habt ihr noch etwas Zeit, zu packen und eurer Familie Bescheid zu sagen.

Seid nur pünktlich bis Sonnenuntergang zurück.

Ich bin wieder daaa!
Und? Hast du die Anstellung, Kind?
Ja!
Juhu!! Gut gemacht! Verdirb es nicht!
Das werde ich bestimmt nicht! Aber ich habe nicht viel Zeit, ich muss meine Sachen holen.
Deine Sachen?
Also ...
ÄHH
Na ja ...

... als Tänzerin des Königs soll ich im Schloss wohnen.

SCHEPPER

?!

Was?

Wohnen?!

Auf keinen Fall! Das ist viel zu gefährlich!

Mach dir keine Sorgen. Ich komme schon zurecht. Ich bin mit den Regeln bei Hofe vertraut.

Versprich mir, dass du vorsichtig bist.

Versprochen! Und du meldest dich, sobald du Nachricht von Vater hast.

Das werde ich tun!

Hilfst du mir, meine Sachen zu packen?

Natürlich.

Hey! Und wer macht jetzt diese Sauerei sauber?!

Gut, dass ich Luisa nichts von dem Vorfall vorhin erzählt habe. Ich hätte sie sonst sicher nie überzeugen können mich gehen zu lassen.

Geschweige denn davon, dass die Anstellung auch königliche Bedürfnisse mit einschließt.

Zurück im Schloss

Ärgerlich. Deswegen muss ich mir dringend etwas einfallen lassen. Irgendwie muss der König doch auch anderweitig zu bespaßen sein ...

Entschuldigung?

Hallo, mein Name ist Zoe. Der König schickt mich, um dich ins Kaminzimmer zu bringen. Dort sollst du heute Abend für ihn tanzen.

Das Tanzkleid habe ich dir aufs Bett gelegt, ich hoffe, das war in Ordnung.

Hm?

Was?

Schon heute Abend?

Vielen Dank! Ich bin Violet.

Ich weiß, Lady Zaria hat mich bereits informiert.

Ich warte, bis du fertig bist, und bringe dich dann zum König.

Ist gut, ich beeil mich.

SCHOCK

Das ist nicht sein Ernst?!

PLUMPS

Das Kleid passt doch wie angegossen! Du siehst wunderschön aus.

Los, komm schnell mit. Der König wartet nicht gerne.

KLOPF KLOPF

Herein!

Guten Abend, Eure Majestät.

Du hast dir ganz schön Zeit gelassen.

Ähm ...

Tut mir leid.

Uhm ...

SCHWUPP

Ich werde trotzdem gehen. Wenn ihr noch weitere Bedürfnisse habt, solltet Ihr Euch eine andere Tänzerin rufen lassen.

Ich will aber keine andere Tänzerin, ich will dich. Du bleibst hier!

Das werde ich nicht!

Vergiss es! Ich bin nicht dein Spielzeug!

Na gut, dann fangen wir von vorne an. Tanz für mich!

Euer Gemüt ist erhitzt, Eure Majestät. Ich werde jetzt gehen.

Shhhhh

Was zum ...?!

Kapitel 04
Gerechtigkeit

Grrr

Den Umgang mit Frauen muss er wahrlich noch lernen. So ein Blödmann.

Aber warum hat mein Herz wie verrückt geklopft, als er mich beim Tanzen umarmt hat?

DODOMM
DODOMM

DODOMM
DODOMM

Das will ich nicht!

Ich muss mich zusammenreißen!

Komm, ich zeige dir die Küche.

Und ich geb dir was zum Überziehen.

Ob sie sich ihm wirklich verweigert hat? Sicher ist er deswegen jetzt missgelaunt.

KLOPF
KLOPF

Was ist denn noch?

Kane, ich bin es.

Verzeih die Störung, ich wollte sehen, ob alles in Ordnung ist.

Natürlich, was sollte sein?

Nun, sonst hast du deine Tänzerinnen die ganze Nacht bei dir.

Heute Mittag hatte ich noch den Eindruck, sie würde dir gefallen.

Nicht nötig.

Du kannst dich zurück-ziehen.

KLACK

Bist du sicher?

Ja, das bin ich. Im Moment bin ich nicht in Stimmung, Zaria.

Oh

In Ord-nung, wie du wünschst.

Gute Nacht.

Dann schlaf gut, Kane.

Er ist nicht in Stimmung?!

Pff!

Sie hatten ihren Spaß?! Sie sah völlig unangetastet aus. Was hat dieses kleine Biest mit ihm gemacht?

Er hat mich noch nie wegen einer anderen verschmäht. Das lasse ich nicht noch einmal zu!

In der Schlossküche

Oh, Zoe, hast du das Abendessen schon wieder verpasst?

Du weißt ja, wo alles ist. Ich gehe nun zu Bett. Gebt die Reste den Schweinen.

Das machen wir. Danke.

Hier! Das ist übrig geblieben vom Abendessen der Bediensteten.

Vielen Dank! Sieht lecker aus.

Isst du öfter hier in der Küche?

Immer dann, wenn ich das Abendessen verpasse. Und das ist oft.

Sag mal, hatte der König kein Interesse an dir? Normalerweise verlassen ihn die Tänzerinnen erst am frühen Morgen.

Ich werde schon auf mich acht-geben.

AUTSCH

Oh! Kennst du einen guten Schuhmacher? Ich hätte gerne an-dere Tanzschuhe, diese hier sitzen nicht sonder-lich gut.

Ja! Es gibt einen am Marktplatz, dort findest du sicher etwas Passendes.

Aber wenn du ins Dorf gehst, sei bitte vorsich-tig. Da treibt sich auch viel Gesindel herum. Lass dich nicht beklauen!

Keine Sorge!

Würdest du mir noch zei-gen, wie ich zu meinem Zimmer komme? Ich finde mich noch nicht zurecht.

Na klar!

Lieb, dass du mir hilfst!

Ach gern. Bald kennst du dich hier auch aus!

Zurück im Schloss

Was ist das wieder für ein Aufstand? Wen bringt ihr mir?

Eure Majestät!

Wir haben einen Dieb gefasst und es gab einen kleinen ... nun ja ... Zwischenfall ...

Kapitel 05
Die Strafe

Ich wollte Euch nur davon abhalten, einen schweren Fehler zu machen!

Was für ein Fehler soll das sein, dass du so verrückt bist, dein Leben dafür zu riskieren?

Einem Kind, das aus der Not heraus gehandelt hat, die Hand abzuschlagen, ist der falsche Weg!

TUSCHEL TUSCHEL

Der falsche Weg?! Jeder kennt die Konsequenzen, wenn er sich nicht an meine Gesetze hält. Ich bin der König und entscheide, was passiert.

Verdammt, warum ist er nur so stur?!

Euch sollte doch klar sein, dass ein geliebter König mehr von seinem Volk erwarten kann als ein König ...

... vor dem sich alle fürchten. Darum bitte ich Euch, verschont ihn!

...

...

Wenn ...

... Ihr unbedingt jemanden bestrafen wollt, dann bestraft eben mich!

Wie?

Ganz ruhig ... Es wird alles gut gehen ...

Nun ... Dir ist doch klar, dass deine Strafe anders ausfallen wird, oder, Kätzchen? Ich schneide dir doch nicht deine schönen Hände ab ...

Ja!

Gut, dann geh beiseite.

Was hat er vor?

Habt ihr nichts zu tun?!

Da hab ich mir ja etwas eingebrockt ...

Und ihr, verschwindet! Und nehmt den Apfelhändler gleich mit!

Jawohl, Eure Majestät!

Hm ... Irgendwie gefällt mir ihre dickköpfige Art. Na warte mal ab, Kätzchen!

Komm, ich bring dich nach Hause.

Vielen Dank, Mylady!

Etwas später

Violet hat ihn ganz schön aufgebracht, da tut ihm etwas Entspannung sicher gut.

Das ist meine Chance, sein Interesse auf Alice zu lenken.

KLOPF
KLOPF

Ah, Alice, da bist du ja. Schließ die Tür hinter dir.

Ihr wolltet mich sprechen?

So ist es. Hat König Varian dich die Tage schon zu sich gerufen?

Wie?

Hm?

Du hast gesagt, heute kann ich Äpfel mitbringen, ohne dass ich erwischt werde!

Ach Junge.

Manches muss geschehen, damit sich die Dinge ändern können.

Du bist doch wieder zu Hause und dir ist nichts passiert, oder etwa nicht?

Los, komm rein. Es gibt dein Lieblingsessen, Bohneneintopf.

Wuäh...

KLACK
KLACK

Mach das ordent-lich, Zoe!

Gewiss, Lady Zaria.

Zoe!

J... Ja?

Ich hab gehört, was heute Morgen im Thronsaal vorgefallen ist.

Ach ja?

Du machst keine halben Sachen, was?

Hätte ich etwa zulassen sollen, dass er einem Kind die Hand abschlägt?!

Ach Violet...

So ist unser König eben.

Aber offenbar warst du sehr beeindruckend. Das ganze Schloss redet von dir!

Von mir?

SOLLTE SICH UNAUFFÄLLIG VERHALTEN

Oje...

Ja, darüber, wie mutig du warst! Du sollst sogar geschafft haben, den König zu besänftigen.

Aber wolltest du nicht auf dich achtgeben?

Hm, ja, schon ...

Zoe hat recht, ich sollte mich nicht in Gefahr bringen. Und vor allem muss ich weniger Aufsehen erregen ...

Nicht dass ich meinen Eltern noch mehr Ärger mache, als sie ohnehin schon haben ...

Ob es ihnen gut geht?

SEUFZ

Violet? Ist alles in Ordnung?

Sag mal, Zoe? Wieso wolltest du eigentlich unbedingt an diesem Fenster sitzen?

Was? Oh, ja! Klar!

Ach ...

Von hier aus kann man den Soldaten und Hauptmännern beim Trainieren zusehen ...

Soso. Ich verstehe!

Und welcher von ihnen gefällt dir?

ZIIIISCH

HI HI

W... Wie?! Nicht so laut!

Ha ha, ja, ist ja gut!

Morgen zeigst du mir aber, welcher von ihnen es ist, ja?

Ich muss jetzt los, du weißt doch, der König wartet nicht gerne.

Ah! Violet! Warte!

Da hast du recht.

Warum will er schon wieder nicht, dass ich für ihn tanze?

... aber die Einzige, nach der er verlangt, ist Violet.

Ich gebe mir die größte Mühe, ihm zu gefallen ...

Ich weiß, Alice. Aber du hast doch gehört, was er gesagt hat. Er wird sie für ihr dreistes Verhalten heute Vormittag bestrafen!

Mir ist klar, dass du ihm gefallen möchtest. Und wenn es nach mir ginge, würdest du jetzt auch für den König tanzen.

Aber mach dir keine Sorgen, du wirst deine Chance noch erhalten, ihm zu zeigen, dass du die bessere Tänzerin bist.

Ich sagte doch, ich kümmere mich darum.

Die nächste Gelegenheit wird kommen ...

Ja ...

Das Kleid ist so schön! Du siehst aus wie eine Schnee-prinzessin!

Hm?

Was denkt Zaria sich nur dabei? Schleift sie mir diese langweilige Brünette hier an.

Tss!

Um mein Gemüt zu beruhigen! Ich entscheide, wer wann und wo für mich tanzt!

Außerdem geht es meinem Gemüt bestens!!

Violet. Wieso geht mir dieses Mädchen nicht aus dem Kopf?!

HMPF

Wo bleibt sie überhaupt? Sie sollte längst hier sein!

Dann werde ich sie eben hol...

TOCK
TOCK

Da bist du ja!

Euer Majestät.

Verschwinde!

Deine Strafe ist hiermit beglichen. Zieh dich an und geh!

A... Aber ...

Stell nie wieder meine königlichen Befehle infrage. Das nächste Mal kommst du nicht so glimpflich davon!

Fortsetzung folgt in Band 2

Schloss ♥

Zoes Plauderei aus dem ~~Nähkästchen~~

Hey, ich bin's, Zoe! Wollt ihr einen Blick hinter die Kulissen werfen? Dann seid ihr bei mir genau richtig! Ich weiß alles!

Hi hi

Die Soldaten wissen immer was.

Unsere Köchin ist sehr geschwätzig.

Die Zofen können nichts für sich behalten ... (außer mir natürlich)

Und manches fliegt mir einfach zu.

Die Ausschreibung – diesmal richtig!

Euer Majestät? Ist die neue Ausschreibung fertig?

Hmm ...

Habt Ihr denn dieses Mal auch ans Alter gedacht? Ich meine ...

Wir sind zum Vortanzen da!

Erinnere mich nicht daran! Beweg dich lieber!

FLITZ

Polierter Speckhintern

Wieso bohnerst du den Boden denn so doll?

Lady Zaria will, dass er glänzt wie ein polierter Speckhintern.

Aber jetzt ist Pause!

Das sieht aber ziemlich rutschig aus.

Sehr schön. ♥

Lady Zaria? Habt Ihr einen Moment?

Ja, ich ...

FLUTSCH

Aaahhh!

Das Kleiddesaster

Zaria!

Huch?

Euer Majestät!

Violets Kleid gestern war ein Desaster!

Also, das ist ja furchtbar. Ich werde den Schuldigen sofort zurechtweisen!

SIE IST SCHULD

Mal sehen, was ich bis zum nächsten Mal alles herausfinde. Tschüss!

Hi hi

Entwicklung der Charakterdesigns
Jenny und Sabrina berichten

Prinzessin Violet Lancaster

Erster Entwurf,
Menschengestalt

Ohne Hörner!

Erster Entwurf,
Drakingestalt

Bevor Violet ihr finales Aussehen bekam, haben wir ein paar Designs ausprobiert. Uns war wichtig, dass besonders sie, als Protagonistin, einzigartig wird und einen unvergleichlichen Wiedererkennungswert hat.

Zweiter Entwurf,
Drakingestalt

Zu Beginn hatte Violets Drakingestalt noch keine Hörner. Aber nachdem wir immer mehr von der Story erarbeitet hatten und diese Gestalt immer wichtiger wurde, wollten wir einige Drachenattribute ergänzen. So bekam Violet statt spitzer Ohren Hörner und sichtbare Drachenschuppen auf der Haut.

Zu brav!

Trotzdem wirkte unsere eigensinnige Prinzessin noch etwas zu brav. Somit gab's dann noch eine finale dritte Variante mit etwas frecherem Haarschnitt. Damit waren wir dann sehr zufrieden!

Zweiter Entwurf,
Menschengestalt

König Kane Varian

Mit Strubbelhaar!

Erste Entwürfe

Bei Kane wussten wir von Anfang an schon sehr genau, wie wir unseren dunklen König haben wollten. Zuerst war der Plan, ihn etwas wilder und mit verstrubbelteren Haaren darzustellen.

Doch dann hat Jenny ihn mal mit etwas eleganterem Erscheinungsbild gezeichnet und wir mussten uns eingestehen, dass das eher eines Königs würdig ist.

Bei den Kleiderdesigns werdet ihr auch immer wieder neue Varianten bewundern können. Denn Jenny liebt es, viele davon zu zeichnen, und Sabrina liebt es, diese ausgefallen zu rastern.

Hallo, ihr Lieben! Vielen lieben Dank, dass ihr euch den ersten Band von *Die Tänzerin des Königs* gekauft habt!

DANKE

Wie euch bestimmt schon aufgefallen ist, stehen auf dem Cover zwei Autorinnen.

Wir sind: Jenny ...

... und Sabrina.

Im Gegensatz zu vielen anderen Manga-zeichner*innen arbeiten wir im Zweierteam.

Diese Schritte machen wir gemeinsam:

Die Geschichte und Charaktere zu *Die Tänzerin des Königs* haben wir gemeinsam entwickelt.

Zu jedem Kapitel schreiben wir ein grobes Drehbuch.

Dazu entwerfen wir in Teamarbeit ein Storyboard.

Die folgenden Arbeitsschritte haben wir untereinander aufgeteilt:

Ich bin für alles zuständig, was mit Zeichnen zu tun hat. Von Charakterentwürfen, Mangaseiten skizzieren und Linern bis hin zu den Farbillustrationen.

Und ich habe viele unserer Hintergründe entworfen und bin für das Rastern der Mangaseiten verantwortlich.

Wenn all das fertig ist, setze ich Highlights und verbreite Shojo-Sparkle und Chichi auf den gerasterten Mangaseiten.

Oh, ja. Sie ist ein kleiner Kontrollfreak, aber pssst.

Wir möchten euch von ganzem Herzen danken. Durch euch können wir unseren Traum leben, »Mangaka« zu sein, und euch in wundervolle Welten der Fantasie entführen!

Eure Unterstützung und dass ihr uns auf unserem Weg mit *Die Tänzerin des Königs* begleitet, bedeutet uns sehr viel.

altraverse

Ebenso gilt unser Dank dem tollen Team von altraverse, ohne die das alles nicht möglich gewesen wäre. Besonders möchten wir Gwyneth danken, die uns redaktionell großartig unterstützt hat. Aber auch Cathy für die wundervolle Gestaltung des Mangas sowie Jo und Anne, die uns mit Rat und Tat zur Seite gestanden haben.

Das war unser kleines Nachwort. Wir freuen uns darauf, euch im zweiten Band wiederzusehen! Bis dann!

altraverse

Originalausgabe
Altraverse GmbH – Hamburg 2023

Die Tänzerin des Königs 01
© 2023 Jenny Liz / Sabrina Steinert / Altraverse GmbH
Verwendete 3D-Modelle: © ACON3D

Redaktion: Gwyneth Minte
Herstellung: Cathrin Hamester
Lettering: Vibrant Publishing Studio

Druck: CPI books GmbH, Leck
Printed in Germany

ISBN 978-3-7539-0584-6
1. Auflage 2023

www.altraverse.de